COMIENZA LA LEYENDA

NO LONGER PROPERTY OF
ANYTHINK LIBRARIES /
RANGEVIEW LIBRARY DISTRICT

NO LONGER PROPERTY OF
ANYTHINK LIBRARIES /
LIBRARY DISTRICT

Adaptado por Trey King

D0962899

Originally published in English as *Legends of Chima™ : The Legend Begins*

Translated by J.P. Lombana

No part of this publication may be reproduced, stored in a retrieval system, or transmitted in any form or by any means, electronic, mechanical, photocopying, recording, or otherwise, without written permission of the publisher. For information regarding permission, write to Scholastic Inc., Attention: Permissions Department, 557 Broadway, New York, NY 10012.

ISBN: 978-0-545-62821-1

LEGO, the LEGO logo, the Brick and Knob configurations, the Minifigure and LEGENDS OF CHIMA are trademarks of the LEGO Group. © 2013 The LEGO Group. Produced by Scholastic Inc. under license from the LEGO Group.
Translation copyright © 2014 by Scholastic Inc.

Published by Scholastic Inc. SCHOLASTIC, SCHOLASTIC EN ESPAÑOL, and associated logos are trademarks and/or registered trademarks of Scholastic Inc.

12 11 10 9 8 7 6 5 4 3 2   14 15 16 17 18 19/0

Printed in the U.S.A.
First Scholastic Spanish printing, January 2014

¡GRRRRRRRR!

¡El CHI hace enloquecer a Cragger!

¡Cragger! ¡Despierta!

¡BAM!

¡Cragger! ¡Detente!

Cragger, debes parar. ¡Hay precipicios ocultos por todas partes!

Tú también querías ver la Piscina Sagrada, Laval. ¡Si hubieras probado el *poder*, harías lo mismo que yo!

No, Cragger, yo nunca sacrificaría a mi *mejor amigo*.

Siento que esto haya ocurrido, Laval.

¡Disparen el *lanzagarra*!

El lanzagarra le da a un vehículo león.

¡Papá! ¡Tenemos que detenerlos!

¡Agáchate, Laval!

¡De pronto, el vehículo cocodrilo se vuelca!

¡Comienza a caer por un precipicio!

Cragger llama a los leones.

¡Dejen de luchar! ¡El suelo es *inestable*! Por favor, cúlpenme a mí, no a ellos. *¡Mis padres están adentro!*

LaGravis intenta sacar el vehículo cocodrilo...

¡pero el vehículo cae al vacío!

¡Nooo!

Los padres de Cragger sobreviven la caída por el precipicio.

No te preocupes, mi reina. Saldremos de aquí.

¿Pero qué pasará con Cragger?

Él sabe que no es culpa de los leones. Hará lo correcto si no le hace caso a su *hermana*.

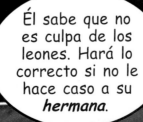

Mientras tanto, en el Pantano Cocodrilo...

Óyeme, hermano. Los leones deben *pagar* por lo que hicieron.

Pero no fue su culpa. Fue mi culpa.

Ellos son nuestros *enemigos*, hermano. ¿O debería decir, mi *rey*?

Hace muchos siglos no existían edificios ni vehículos ni tribus en Chima. Solo había selvas, sabanas y criaturas simples.

Un día, el cielo se abrió, bendijo la tierra y sacó al Monte Cavora del corazón de Chima.

El agua que fluía por esta montaña era diferente. Estaba llena de la fuerza vital que ahora llamamos **CHI**.

Los que la bebían evolucionaban.

Sin embargo, algunos en Chima **rechazaron** el CHI. Siguieron siendo simples y puros, y se fueron a las Tierras Lejanas.

Esas criaturas se conocen como **Las Bestias Legendarias**. Se dice que volverán un día, cuando Chima realmente las necesite.

Hoy, el CHI se encuentra en el Templo León, donde produce poderosas esferas. Nosotros los leones somos sus Guardianes Sagrados, y nos aseguramos de compartirlas de manera justa con **todos**.

Ahora somos tú y yo, Laval. ¡Te *enterraré* como tú enterraste a mis padres!

No digas eso. Siento que perdieras a tus padres. ¡Pero eso fue un *accidente*!

¡Cragger corta la rama en la que está Laval!

¡Craggerrrr!